PHOTO ESSAY

PHOTO ESSAY

스튜디오S 지음 | 하은 극본 | 장태유 연출 | 정은궐 원작

너와숲

기
획 의
   도

이 드라마는 귀鬼, 마魔, 신神이 인간의 삶에 관여하던 단왕조 시대.

어느 연인들의 사랑과 운명에 관한 이야기이자,

세상을 구하고 하늘을 감동시킨 연인들의 서사시다.

마왕의 저주로 눈이 먼 채 태어났으나 신의 축복으로 눈을 뜬 여자,

사랑하는 사람을 위해 목숨을 건 그림을 그리는 여 화공 홍천기.

나라를 위해 기우제의 제물로서 죽어야 했던 순간

몸속에 스며든 마왕의 힘으로 살아난 사내,

눈을 잃고 아버지를 잃은 채 평생을 살아가게 된 하람.

때로는 악연惡緣과 인연因緣 사이에서,

때로는 생生과 사死의 갈림길에서,

운명의 보이지 않는 붉은 실에 의해 다시 만나고

헤어지는 일을 반복하는…

두 연인의 운명적이고도 극적인 판타지 로맨스가 시작된다.

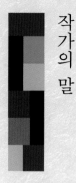

하은

작가의 말

아름다운 사랑, 아름다운 사람들

드라마 〈홍천기〉는 귀鬼, 마魔, 신神이 인간의 삶을 관장했다고 여겨지던 시대에,

비극적인 운명을 극복한 연인들의 사랑을 주제로 합니다.

작품을 마치고 생각해보니 인상 깊은 장면이 많았지만 매죽헌 화회 중

홍천기의 월매도에 나비가 날아와 앉은 순간이 떠오릅니다.

홍천기가 매죽헌 화회에서 월매도를 그려 완성했던 순간은 제가 쓴 것보다

영상으로 표현되었을 때 압도적으로 좋았습니다.

아름답고, 신비하면서도, 신령한 느낌이 장면 전체를 사로잡았습니다.

사실 매죽헌 화회는 원작에서 '매죽헌 화회'라는 그림 경연 소재와 마지막에

하람과 양명대군의 경매 방식만 가져왔고, 모든 것을 만들어서 썼기 때문에

정말 오랜 시간이 걸렸습니다.

드라마의 특성상 원작 소설에 '산수화'라고 씌어 있다고 해서

그냥 '산수화'라고 대본에 쓸 수는 없으니까요.

어떤 산수화를 누가 그려야 하고, 그 그림은 어떤 그림으로 할 것이며,

그 그림을 이 캐릭터가 그린다는 것이 합당한지에서부터 경연의 방식까지….

돌아보면 가장 힘들고 만들어지기까지 가장 오랜 시간이 걸린 회차였습니다.

그래서인지 다른 인상 깊은 장면들도 대부분 매죽헌 화회에 몰려 있습니다.

이런 어려운 과정을 거쳐 완성된 〈홍천기〉의 매력이 드라마 〈홍천기〉 그 자체인 것 같습니다.

홍천기는 신령한 화공으로 태어났지만, 누구보다 모진 운명을 극복해야만 했습니다.

하람은 사랑을 위해 모든 것을 희생하면서 왕실을 향한 복수의 길을 접습니다.

그렇게 서로의 사랑이 만들어낸 신령함이 결국 세상을 구하고, 두 사람의 운명마저

구원하게 되는 스토리는 매혹 그 자체였습니다.

저는 이 이야기 자체가 드라마 〈홍천기〉만의 장점이자 매력이 아닐까 생각합니다.

워낙 연출을 잘해주신 덕분에 영상미가 훌륭한 명장면이 많았는데,

특히 하람과 홍천기 두 사람이 어린 시절 처음으로 연정을 품었던 곳이기도 한

복사꽃밭 장면과 도망치던 중 서로 다투다가 자신을 책망하는 어린 홍천기에게

하람이 따스한 위로를 건네며 말한 대사가 저는 가장 마음에 듭니다.

어쩔 수 없는 일로 자신을 탓하지 마라

이 대사는 드라마를 각색하는 저 자신에게도 많은 위안이 되어주었습니다.

홍천기와 하람, 그들이 서로를 위로해준 대사인 동시에 저에게도 구원 같았던 말입니다.

홍천기가 힘들 때마다 하람의 대사를 떠올렸듯, 힘든 시간을 보내고 있을

그 누군가에게도 하람이 건네는 말이 따뜻한 위로가 되어주기를 바랍니다.

그래서 복사꽃밭 신은 저에게 있어 강렬하면서도 아름답고, 의미 있으면서도

가장 좋아하는 장면입니다.

덧붙여, 본래의 복사꽃밭 설정은 온 나라가 가뭄과 기근에 시달리고 있어

모든 것이 죽어가는 가운데도 혼자 말라 죽지 않는 '신령한 복사꽃 나무'였는데,

그것이 여러 가지 이유로 드라마상에서 충분히 설명되지 못한 것 같아 아쉽습니다.

혹독한 겨울과 눈과 비, 바람 속에서 수많은 밤을 고생하신 장태유 감독님과 스태프 여러분!

드라마 〈홍천기〉에 참여한 많은 분들의 이름을 일일이 기억하지는 못하지만,

고마운 마음은 제 뇌리에 분명히 새겨져 있습니다. 이렇게나마 고마웠던 마음을 전합니다.

부족한 대본을 빛나게 해주셔서 너무 감사합니다.

그리고 무엇보다 〈홍천기〉를 사랑해주신 시청자 여러분께 정말 감사드립니다.

모두 모두.

CHAPTER 1

등장인물 소개

인물 관계도

김유정

백유화단의 천재 여 화공

홍천기

화공 홍천기로 살았던 모든 계절이 아름다웠습니다.
여러분의 마음 속 한천기도 한 폭의 그림처럼 남기를 바랍니다.

쾌활하고 건강한 에너지를 뿜어내며,

웃으면 주위가 환해질 만큼 청량한 미모를 자랑한다.

천재적인 그림 실력을 가진 천기는

아버지의 광증을 치료하기 위해 유명 고화古畵를 모작해

돈을 버는 모작공으로도 은밀히 활약 중이다.

고난, 수난, 수모… 산전수전 다 겪어가면서도

그녀는 씩씩하고 당차게 살아왔다.

그러던 어느 겨울, 음기가 가장 강하다는 동짓날.

천기는 운명의 연인 하람을 만난다.

너무나 아름답고 시리도록 붉은 눈을 가진 사내.

그러나 앞을 볼 수 없는 사내.

십여 년 전 기나긴 동짓날 밤에 만났던 소년과 닮은 듯한 사내.

하람과의 인연은 다시 시작되고,

천기와 하람을 둘러싸고 두렵고 신비한 일들이 계속된다.

안효섭

별을 헤아리는 사내
눈을 도둑맞은 서문관의 주부主簿, 그리고 일월성

하람

잠깐이나마 하람으로 살 수 있어서 행복했습니다.
운명적인 사랑이 우리 모두에게 있길 바라며
마지막 감사 인사를 드립니다. 감사했습니다.

어린 시절 기우제를 지내다 알 수 없는 사고에 휘말려

맹인이 됐고 가족을 잃었다.

하람이 눈을 떴을 때, 세상은 온통 붉은색이었다.

그날 마왕이 자신의 몸 안에 봉인된 것을 모른 채,

하람은 가족을 잃게 한 왕실에 대한 복수심을 키웠다.

그리고 임금의 총애를 받으며 천문, 지리, 풍수를 담당하는

서문관의 주부로 살아간다.

그러던 어느 동짓날, 하람은 자신의 가마로 숨어 들어온 천기를 만난다.

음기가 가장 강하다는 그날, 하람의 몸속에 봉인됐던 마왕이 깨어난다.

그리고 멈춰 있던 운명의 시계추도 움직이기 시작한다.

공명

아름다움을 찾아 헤매는 풍류객

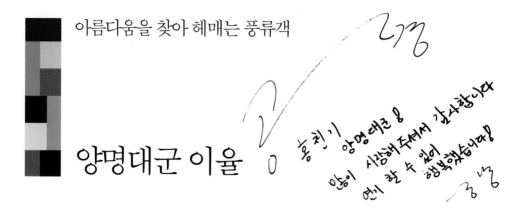

양명대군 이율

홍천기 양명대군 윤
많이 사랑해주셔서 감사합니다
연기 할 수 없이
행복했습니당
윤

시詩, 서書, 화畫를 무척 사랑하고

예술가들을 아끼는 낭만주의자.

흥미롭고 유쾌한 사건을 불러들이는

자유로운 영혼을 지닌 단왕조의 셋째 왕자님.

대신들 사이에서 지지도가 높지만,

아무리 존재를 감추고 살아도

정치적으로 자유로울 수 없는 대군의 숙명은 양명을 쓸쓸하게 한다.

그러다 한 여인, 홍천기를 알게 된다.

그녀의 거침없는 말투와 천재적인 그림 실력에

걷잡을 수 없이 사로잡혔고, 양명의 감정은 시간이 흐를수록 깊어진다.

시나 그림이 아닌, 사람에게 이토록 빠져든 것은 난생처음이었다.

근데 그때는 몰랐다. 그녀가 다른 사람을 쳐다보고 있다는 것을.

그리고, 그게 하람이라는 것을.

곽시양

단왕조의 둘째 왕자, 왕좌를 꿈꾸는 자

주향대군 이후

왕이 되기 위해 마왕을 차지하려는 야심가다.

단지 형보다 늦게 태어났다는 이유로 왕이 될 수 없고,

욕심조차 독이 되는 대군의 숙명을 못 견딘다.

십여 년 전 기우제가 있던 날, 주향은 마왕의 목소리를 들었다.

경원전의 영종 어용.

그 안에 봉인되어 있는 마왕은

당장 이 어용을 불태우고 자신을 받아들이라 속삭였다.

주향은 그리하면 왕이 될 수 있을 것이라 여겼다.

그러나 마왕은 주향이 아닌 하람의 몸에 봉인됐고,

그날 이후 주향은 왕이 되기 위하여

마왕을 찾고 빼앗기 위한 힘을 기른다.

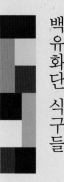

백유화단 식구들

최원호 | 김광규

운종가 명문 백유화단의 화단주

절친했던 벗 홍은오의 딸 천기를 제 딸인 양 보살피며,
화공으로 자랄 수 있게 가르쳤다.
엄격한 듯해도 인간미가 풍기는 인물.
화공으로서 놀라운 재능을 가진 천기가
제 아비처럼 될까 노심초사한다.

홍은오 | 최광일

천기의 아버지

과거엔 단왕조 최고의 화공으로
마왕을 봉인한 신령한 그림,
영종 어용을 그려낸 어용화사였다.
마왕을 봉인하던 그날, 저주를 받아 광증에 걸렸다.

견주댁 | 윤사봉

백유화단의 살림을 맡고 있는
맘씨 좋은 아낙네

든든한 풍채와 따뜻한 마음씨로 화단 식구들을 살핀다.
최원호를 마음에 품고 있다.

강춘복 | 정영기

백유화단의 재물을 관리하는 행수집사

손목 부상으로 붓을 내려놓아야 했던 아픈 과거를 딛고,
백유화단의 번창을 위해
손님들의 주문과 재물의 장부를 정리한다.

차영욱 | 홍진기

천기와 백유화단에서
유년 시절을 보낸 막역지우,
일명 '울상'

허풍과 엄살이 앞서는 수다쟁이로
백유화단 내 최고 입담을 자랑한다.
친구들에게 가려 드러나진 않지만,
따듯한 마음을 그려낼 줄 아는 화공이다.

최정 | 홍경

천기와 백유화단에서
유년 시절을 보낸 막역지우,
일명 '밉상'

섬세하고 정교한 필치의 뛰어난 화공으로,
어린 나이에 고화원 화사로 임관했다.
툭툭 내뱉는 말씨가 밉지만 천기에 대한 우정은
각별하다.

고화원 사람들

서문관 사람들

한건 | 장현성

고화원의 성화, 단왕조 최고의 화공

양명대군의 지지 아래
고화원 수장 자리를 지키고 있다.
한때 경쟁했던 벗 은오의 딸 천기가,
제 아비처럼 신령한 그림을 그려야 할 운명임을
직감한다.
훗날 천기가 영종 어용을 그릴 수 있게 이끌어준다.

장주부 | 리민

서문관 주부 主簿

법궁의 터주신이니 뭐니 풍설을 만들어내는
하람을 탐탁지 않아 한다.
인왕산 물괴 사건에서 살아남은 유일한 목격자.

월성당 사람들

박사력 | 배명진

서문관의 사력

일식 日食과 월식 月食 등 천문 현상을
관측하는 업무를 담당하고 있다.

정쇤내 | 양현민

월성당 부당주

명품 고화를 사고파는 일을 전담하지만,
격조는 낮고, 저잣거리 왈패 기질이 사납다.
일월성 몰래 위작 僞作 사업으로 뒷돈을 챙기다
천기와 엮이고, 위협한다.

무영 | 송원석

북방 부족 최고의 무사

북방 토벌 당시 잡혀 노예로 죽을 위기에 처했으나,
일월성을 만나 구사일생했다.
일월성을 그림자처럼 따라다니며 지킨다.

만수 | 김현목

액정서 掖庭署 소속 중금 中禁

성조의 명으로 맹인인 하람의 시중을 들고 있다.
왕의 서찰을 유실하는 실수로 큰 화를 당할 뻔했으나,
하람의 도움으로 살아남았다.
그날 이후 하람의 완전한 충복이 되었다.

양명대군 측
사람들

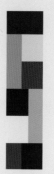

법궁 사람들

심정우 | 하남우

조정 대신

양명대군의 측근.

성조 | 조성하

단왕조 4대 왕

도탄에 빠져 있던 단왕조를 부강하게 하는데
일생을 바친 성군.
병약한 세자와 야심만만한 둘째 아들 주항대군을 두고
대두되는 양위 讓位 문제로 골치를 썩이고 있다.
과거 석척기우제가 열리던 날,
영종 어용이 불타며 사라진 마왕을 봉인하기 위해
은밀히 신령한 화공을 찾고 있다.

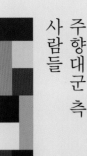

주향대군 측

사람들

미수 | 채국희

국가의 기은祈恩*을 전담했던
성주청의 네 번째 국무당

물의 기운을 타고 난 하람을 발견하곤
기우제에 인신공양 제물로 바쳤다.
오랜 가뭄 끝에 비가 내렸지만,
인신공양에 노한 성조에 의해 궁에서 쫓겨났다.
이후 마왕과 접신했던 주향대군에게 신의 뜻이 있다
믿으며 마왕을 주향에게 내림하고자 한다.

안영회 | 정동근

주향대군의 책사

비상한 머리 회전으로 주향대군을 보좌하며
반정을 꾀하는 인물이다.

* 왕가의 복을 빌던 행사.

서기정 | 이상운

시대의 명문장가

주향과 양명, 두 대군과 친밀한 선비.
정치적으로 주향대군을 지지한다.

성진기 | 조원희

주향대군의 측근

노련한 원로대신.
병약한 세자를 견제하며
주향대군과 정치적으로 결탁한 세력의 수장이다.

신·귀·마

삼신 三神 | 문숙

저잣거리 미친 노파처럼 보이지만
본디 모습은 인간의 생사를 관장하는
생명의 신神

한때는 한 몸으로 있었던 죽음의 신 마왕이
인간사를 죽음으로 물들이자,
대적하여 마왕을 봉인할 운명의 연인을 점지했다.
천기와 하람 곁에 머물며 마왕을 봉인할 때를
기다리고 있다.

호령 | 조예린

법궁을 수호하는 12지신 중
가장 강력한 호랑이 신

평소에는 소녀의 모습이지만,
인간들의 눈에는 보이지 않는다.

그 외 인물들

간윤국·화차 | 박정학

홍은오와 함께 영종 어용을 그렸던 화공

봉인식 이후 화차와의 계약으로
육신을 빼앗겼다.
백유화단에서 천기의 그림만을 사가는
의문의 손님.

어린 홍천기 | 이남경

태어날 때 어미를 여의었고
앞마저 볼 수 없던 맹아

저주를 받아 광증으로 서서히 미쳐가는
아버지를 돌보고 있다.
어느 날, 소년 하람을 만나고 운명적으로
눈을 뜨게 된다.

어린 하람 | 최승훈

아버지 하성진을 따라
도망자 신세로 숨어 살고 있는
양주 양반가의 소생

어느 날 국무당 미수의 눈에 띄어
석척기우제의 석척동자로 뽑혔다.
기우제 날 물에 빠져 죽을 뻔했으나,
의문의 힘으로 살아났고, 눈을 잃었다.

하성진 | 한상진

하람의 아버지

과거 조격전의 3대 영으로, 봉인식을 주관하고
마왕을 영종 어용에 봉인했었다.
이후 토사구팽의 처지가 되어 숨어 살다가
아들 하람과 다시 한 번 조정의 부름을 받는다.

인물 관계도

홍천기 가족·백유화단

 홍은호 | 최광일

 최원호 | 김광규

 견주댁 | 윤사봉

 강춘복 | 정영기

 차영욱 | 홍진기

 최정 | 홍경

고화원 사람들

 한건 | 장현성

심대유 | 장원형

양명대군 측 사람들

 심정우 | 하남우

 고필·청지기 | 고규필

김홍서 | 박선우

이현모 | 김주영

신·귀·마

 삼신 | 문숙

 간윤국·화차 | 박정학

 호령 | 조예린

홍천기 | 김유정

어린 홍천기 | 이남경

양명대군 | 공명

법궁 사람들

 성조 | 조성하

월선 | 김금순

상선 | 장용복

영종 | 전국환   강희 | 김익태   맹자형 | 서명찬

하성진 | 한상진

하람 가족·월성당 사람들

 정쇠네 | 양현민

 무영 | 송원석

 만수 | 김현목

매향 | 하율리

왈패一 | 서동오

왈패二 | 박종욱

하람 | 안효섭

어린 하람 | 최승훈

서문관 사람들

 장주부 | 리민

 박사력 | 배명진

주향대군 | 곽시양

주향대군 측 사람들

 안영회 | 정동근

 미수 | 채국희

 서기정 | 이상운

 성진기 | 조원희

주향 호위 | 차지혁

유시생 | 최유송   강희연 | 곽현준   만유 스님 | 신재환

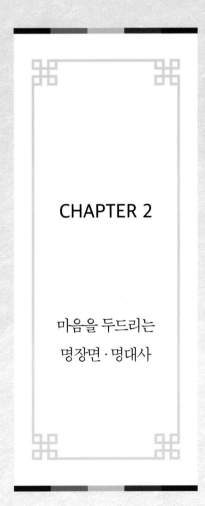

CHAPTER 2

마음을 두드리는
명장면·명대사

아주 먼 옛날, 인간들이 천지만물과 조화를 이루며

눈에 보이지 않는 존재들과 더불어 살던 시대가 있었지.

그들 중 한 몸에 깃든 세 명의 신, 삼신이 있었단다.

첫째는 생명을 점지하는 신,

중용의 신을 먹어버렸단다.

생사의 균형이 깨지자

세상은 공포와 불안에 휩싸였지.

인간의 악한 욕망에 깃들어 살게 되었단다.

그때 마왕의 폭주로 정인을 잃은 한 여인이

그녀의 염원에 응답한 삼신할망은 그림에 깃들었고

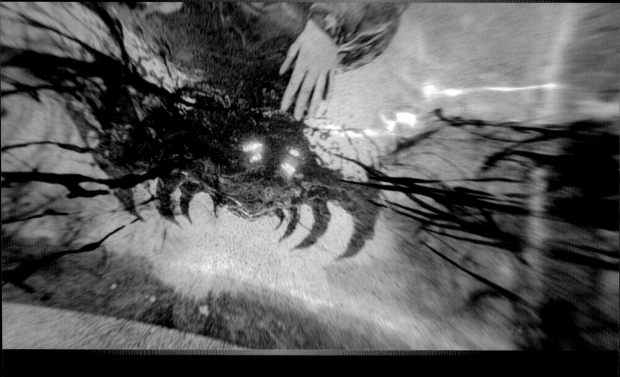

마왕은 그 신령한 그림에 봉인되었지.

세상에는 다시 조용한 평화가 찾아오고

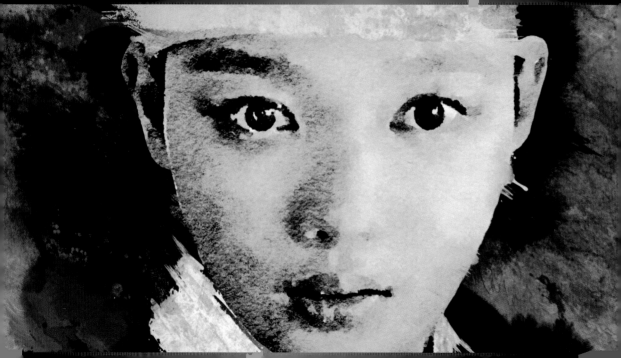

그리고 그녀는 홀연히 사라졌단다.

눈을 감아봐라.

눈을 감으면… 소리가 들린다.
이렇게 소리를 듣다 보면 그림이 떠오르고, 그림이 떠오르면 기분이 좋아진다.
나는 소리로 세상을 보니까.

네 어머니가 널 낳고 돌아가신 것도,
네가 앞이 보이지 않게 태어난 것도,
아버지가 정신이 온전치 못한 것도,
네 탓이 아니다.
한데 왜…
너에게 벌어진 일이 다!
사람의 힘으로 어쩔 수 없는 거라고!
네 잘못이 아니란 말이다.
어쩔 수 없는 일로 너를 탓하지 마라.

알았다. 내일 와. 기다릴게.

그래! 내일 또 안성댁 아주머니 몰래 복숭아 따줄게!

내일 나랑 복숭아 따러 갈 거지?

응~ 약조했다!

꼭!

아버지가 내 딸 홍천기… 하면서
다시 예전처럼 제 붓을 같이 잡아주면 좋겠어요.

모작 같은 거 다시는 그리지 마라 혼도 내주고.
진심이 아닌 그림을 그리는 게 무슨 소용이 있냐고…
야단도 쳐주고.

그날, 너희들은 세 사람을 죽인 것이다.
내 아버지와 어머니… 그리고 나!
그 핏값을 내 반드시 돌려받을 것이다.

전하, 비록 그날의 일은 망실했다고 하나,
어찌 모든 것을 잊을 수 있겠사옵니까.
아버지를 죽게 하고,
우리 가문을, 제 삶을 망가뜨린 자들이 죗값을
치르기 전까지는 절대로…
잊을 수도, 멈출 수도 없사옵니다.

눈이 진짜 예쁩니다. 붉디붉은 홍안석같이···.

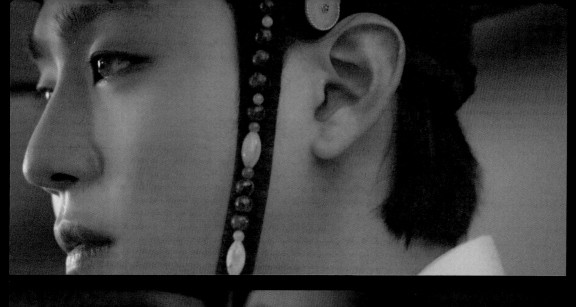

찾았다, 내 눈!

내… 평생… 이런… 호의를… 베푼 적은…
단… 한 번도… 없었는데….
끙… 맨입으로는 안 되겠소, 선비님… 읏샤!

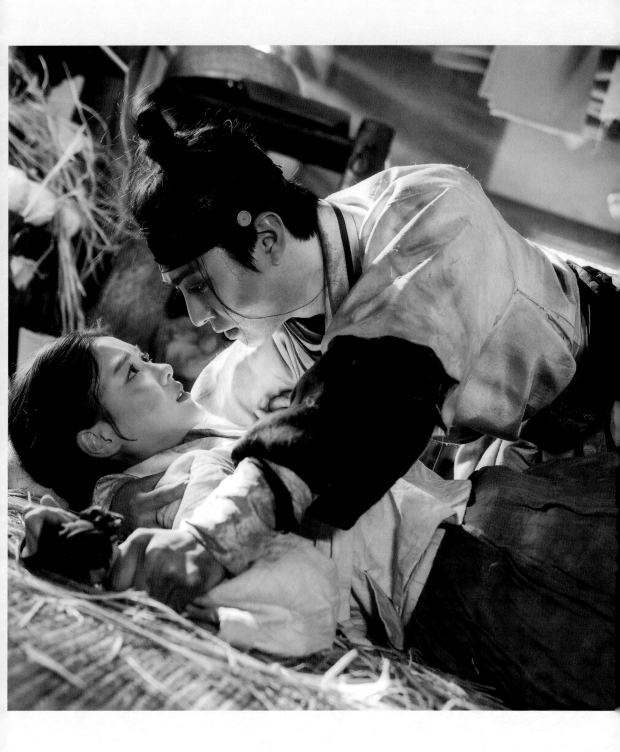

머리가 깨질 듯한 것이… 아무것도 기억이 나질 않소….

왜지?
그 여인과 복사꽃밭 소녀의 기억이 자꾸만 겹쳐진다.

단순한 우연이라고 할 수 있는 것인가….

나의 사라진 기억과…

그녀를 닮은 낭자와의 만남.

대체… 뭐란 말인가….

실례가 안 된다면 낭자의 이름을 알고 싶소만….

홍, 홍, 홍….
정녕 이름이 홍, 홍, 홍이오?

홍. 천. 기. 입니다.

홍천기?
19년 전 복사꽃밭 그 소녀와 이름이 같다.
정녕 그녀인 것인가.

나는 수려한 용모!
시, 서, 화에 능해 삼절이라 불리는
이 나라의 대군…
양명이다!

당신이 양명대군이면!
나는 양명대군의 부부인이올시다!

偶看高文擊酒壺

그래, 언감생심 나한테 그런 인연이 생길 리 없지.

선비님, 오늘 하루는 잘 지내셨습니까?
몸은 많이 회복되었는지 궁금합니다.
혹 그날처럼 우리가 우연히 만난다면
그때는 정녕 선비님의 얼굴을 그려보고 싶습니다.

거기 누구십니까?

혹 홍천기 낭자 아니십니까?

아는 척하기도 싫을 만큼 내 잘못한 것이 있소?

아닙니다….
그것이 아니라…
실은 제가 양명대군 나리께 무례를 저질러서….

그런데 누구시오?

아니, 저 여인은 안료집 도둑고양이….

내 너를 찾고 있었다!

괜찮소?

한 가지 처방이 있긴 한데 그걸로 될지….

아버지, 어쩌면 좋을까요….

아버지, 나 장원하고 올게요.

이 여인은 내가 데려가지!

앞이 보이지 않는 하람은 홍천기를 만나 잊고 있던 기억을 떠올리고,

양명대군은 안료집에서 만난 천기에게 첫눈에 반한다.

한편 천기는 양명대군이 여는 화회에 참가하기 위해 매죽헌을 찾았다가

하람을 다시 만나게 되는데….

낭자라면 분명 장원도 될 수 있을 겁니다.

아버지, 누가 일 획 속에 만 획을 담을 수 있을까요.

욕심을 버리니 꽃이 보이고 달이 보입니다.

그녀가 맞다고 해도 어차피 한 번 끊어진 인연이다.

사사로운 감정으로 큰일을 그르칠 수는 없다.

선비님이 진짜 하람이?

너니? 정말 네가 맞니?
묻고 싶은 말이 많지만 아껴둘게.

마음에 품었었다 한들 이미 난 죽은 사람이다.

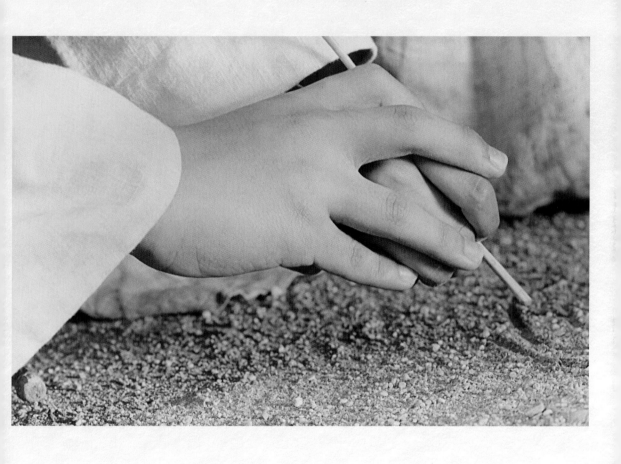

내 이야기를 들어주고
내 손을 잡아주던 너의 따스함을 나는 잊지 못한다.

혹 기다렸느냐!
내가 약조했던 내일.

듣고 싶다. 네가 돌아올 수 없던 이유를.

저는 어렸을 때 앞이 보이지 않아
소리를 의지하여 색과 형상을 보았습니다.
그때 개천의 물소리는 백색,
돌길을 걷는 사람들의 발소리는 황색,
나무를 스치는 바람의 소리는 청색이었지요.
어느 해인가 제가 눈을 뜨게 된 날,
이 나라에 오랜 가뭄 끝에 비가 내린 날이었는데…
제가 바라본 인왕산은 온통 검은 먹색이었습니다.

대부분 바위로 덮여 있는 인왕산이 물에 젖었기 때문이었지요.
해서 제 그림 속 바위는 제가 처음 보고 느꼈던 물에 젖은 바위,
검은 먹색의 바위…입니다.

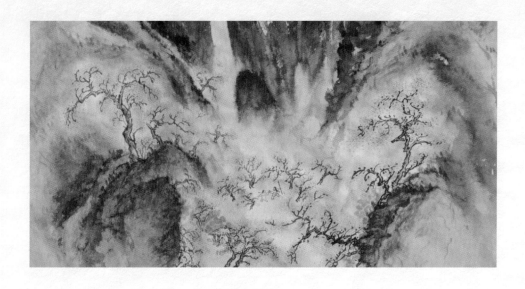

그림의 내용은…
어린 시절 제가 앞이 보이지 않았을 때…
저와 함께 복숭아를 따주었던 소년이,
얼굴도 모르는 그 소년이 보고 싶어 그린 것입니다.

단주님은 아무것도 모르면서….

애초의 결심이 정녕 그렇다면 낭자 마음이 가는 대로 하면 되는 것 아니겠소.
그냥 낭자 마음 가는 대로 하시오.
낭자답지 않게 여기서 왜 이러고 있소.

말은 쉽죠. 그게 어디 마음대로 되는 겁니까.

그럼 계속 이렇게 살 것이오?
남의 말에 갈대처럼 흔들리면서.
스스로 가엾다 여기면서.
나는 잘 모르지만 홍 낭자에게 벌어진 일들은
다 사람의 힘으로 어쩔 수 없는 일 아니오.
낭자의 잘못이 아니오.
허니 어쩔 수 없는 일로 자신만을 탓하지 마시오.

람아, 보고 싶었다. 해서 잊지 않았다.

그 소년을 잊지 못하는 이유라도 있소?

아마도 저 별 때문인 것 같습니다.

하람아, 너 맞지?

나는 낭자가 찾는 그 소년이 아니오. 미안하오.
이제 그 소년은 그만 잊는 게 좋겠소.

하면 저에게 입맞춤을 한 까닭은 무엇입니까?

내 무슨 명목으로 더 얘기할까요?
지나간 인연은 잊으셔야 하오.
소년이 낭자를 찾아오지 않은 것은 낭자를 잊었기 때문이오.
그러니 잊으셔야 하오.

나는 지옥에서 살아왔다.
그 지옥에 널 끌어들이지 않기 위해 그날의 기억을 묶어두겠다.

참으로 장하다, 천기야!

간절히 원했던 하나의 소원이 이루어졌다.

고마워, 하람아.

혹 청심원이라는 약을 구해주실 수 있는지요.
아버지의 병세가 위중하여 의원에 들렀더니
마지막 방도가 청심원이라 하였습니다.

좋다, 내 구해주지.

감사합니다, 대군 나리.

서로의 마음을 확인하지만 하람은 천기를 외면하고,
주향대군은 양명대군에게 위험한 속내를 드러낸다.
화회 마지막 날, 갑자기 나타난 누군가로 인해
매죽헌은 아수라장이 되는데….

아버지의 광증 때문에 고화원에 들어가지 못하겠다 그리 말할 셈이지?
하니 내가 살피겠다.
이 나라 왕친인 내가 홍 화공의 아비를 잘,
아주 잘 보살피겠다 이 말이다.

그러실 필요 없습니다.
한데 제 소원은요? 청심원은….

그것이라면 내의원에 친히 말해두었다.

참입니까? 참으로 참입니까?

그래.

고맙고 미안하다는 말을 전하고 싶었습니다.

그림 한 장 사고 듣기엔 너무 과한 인사요.

선비님은 어찌 그 많은 것을 가슴에 품고 계십니까?
저는 지금 이 순간을 오랫동안 기억할 겁니다.

지금의 고마움,
지금의 반가움, 이 고민들을요.
그럼 아주 조금은 지금이 더 좋은 기억으로 남을 것 같습니다.

언젠가 살아가면서 또 다시 약조를 지킬 수 없을 만큼 힘든 날이 오면
그때 선비님을 믿고 기다렸던 누군가가 있었다는 걸 잊지 마십시오.

홍 화공을 이 빗속을 걷게 한 이가 하 주부였나?

낭자가 빗속을 걷고 있는 줄은 몰랐습니다.

몰랐다?
사람을 이 빗속에 걷게 하고 몰랐다라?
나중에 보세.

송구하옵니다.

19년 전 우리가 약조했던 날, 난 그날 눈이 멀었소.
이 나라의 오랜 가뭄에 비를 내리게 한 대가로.

이런 눈으로 널 만나러 갈 수가 없었다.
만났다 한들 무엇을 할 수 있었을까!

난 그날 이후 한길로만 걸어왔어.
아버지, 그리고 어머니를 여의고 세상을 등지고 살아왔지.

그렇게 살아오던 내가 과거의 나를 기억하는 널 만났다.
그리웠어, 아주 많이.

한데 난 널 지금 내 곁에 둘 수 없어.
너의 곁에 있으면 난 오래전 하람이고 싶어지니까.
복숭아를 따러 가자고 약조했던
그 옛날의 나로 돌아가고 싶어지니까.

이제 난 더 이상 그렇게 살 수가 없다.
그러니 넌 날 모른 척 이대로 살아가다오.
부탁이다.

나도 사는 게 겁이 나고 두려울 때가 있어.
그럴 때마다 난 언젠가 네가 나에게 해주었던 말을 떠올린다.
자책하지 마. 난 잘 모르지만 그건 네 잘못이 아니야.

네가 눈이 먼 것도, 아버지가 돌아가시고
가족들이 그렇게 된 것도 모두 다 어쩔 수 없는 일이었던 거야, 하람아.
가끔 오늘처럼 솔직하게 네 마음을 나한테 말해줘.
난 그거면 된다.

갈게.

기다려다오, 언젠가 널 찾아갈 수 있을 때까지….

그대에게 묻지. 홍 화공과 자네는 무슨 사이인가.

홍 낭자는 안료집에서 저를 구해준 은인입니다.

두 사람은 안료집 전부터 아는 사이가 틀림없다.

맞습니다. 오래전부터 알던 사이입니다.

대군께서는 어찌 홍 낭자와 저 사이에 이리도 관심이 많으신 겁니까.

설사 제가 홍 낭자에게 마음이 있다 해도 그것은 저만의 감정입니다.

그렇지 않습니까?

자네 지금 무슨 얘기를 하고 있는 줄 아나?
이것은 홍 화공을 향한 고백이다.

진심이냐 물으셨습니까?
왕실의 위엄을 지키고
대군으로서의 도리를 다하셔야 할 대군께서
저에게 할 질문은 아닌 듯하옵니다.

갑자기 내가 며칠 보이지 않더라도 놀라지 마시오.

내 꼭 돌아오겠소.

낭자, 받아주시오.

이게 뭡니까?

생전에 아버지가 어머니에게 주셨던,

　　　　세상에 단 하나뿐인 옥가락지요.

　　손수건보다 더 오랫동안 간직해주셨으면 하오.

　　　　이리 소중한 것을 왜….

　　　　　　제가 이걸 간직해도 되는지….

그대를… 그대를 연모하오.

네 아버지는 다른 화공과 달리 신령한 힘을 가지고 있었다.

그럼 모든 어용은 신령한 화공이 그리는 것입니까?

아니다. 영종 어용에만 필요한 것이다.
　　그 어용엔 특별한 신령한 힘이 깃들어야 하기 때문이지.

대군 나리께서 왜 저와 제 아비를 책임지십니까?

너를 연모하니까.

물어볼 것도 있었고 보고 싶기도 했습니다.

아니, 뭐 그냥 보고 싶어서 오면 아니 되는 겁니까?

아니오.

선비님은 제가 안 보고 싶었나 봅니다.

아니오, 보고 싶었소.
하늘의 별만큼.

떠나시오,
나에게서 멀리.

복사꽃 향기는 봄마다 찾아오지만…
　　그곳에 있었던 소녀는 다시 볼 수 없네.
눈을 잃고 온기를 떨친 복수의 길,

　　　　　그 어딘가에서 다시 마주쳤을 때…
볼 수도 없는 나를 그림으로 웃게 하더니,
　　　　바람 맞은 가지인 양 떨게 만든 그 여인…

기억은 사라지고 악몽만이 남아…
내 가슴을 아프게 하네.

이별로 사랑을 증명하라시니
업보인가, 저주인가.

잔인한 내 운명, 서럽고 또 서러워라.

아버지 한 번만 도와주세요.
제가 해낼 수 있도록.

선비님 무탈하십니까.

홍 낭자 잘 있는 것이오?
오늘따라 그대가 참으로 보고 싶소.

제가 어용을 완성하면 모든 일이 해결될 것입니다.

그러지 마시오.
떠날 수 있을 때 떠나시오.

이것은 어명이자 제 운명입니다.

후회할 겁니다.

후회하겠습니다.

확인해봅시다,

그 운명.

진정 낭자가 맞소?

제가 보이십니까?

보입니다.

낭자가 보입니다.

마왕, 그것이 대체 무엇이길래 이리 위험할 일을 너에게 하라고 할 수밖에 없다니.

미안하다, 참으로 미안하다….

하람아, 보았다.

드디어 보았어.

너무 보고 싶다, 하람아.

왜 이리 가슴이 아픈 것인가….

미치는 건 두렵지 않습니다.
　　　　하람이를 구할 수만 있다면.

이제 마왕만 주항대군에게 넘기고 나면 천기는 살릴 수 있다.

나의 마음을 모두 담았다.

제발 신령함이 깃들기를.

이젠 그 대가를 치르게 해주마.

대체 어쩌려고 가마에 오른게요?

어용을 그리면 천기가 위험해진다는 것을 안 하람은

천기를 지키기 위해 자신을 포기하려 하고,

천기는 하람을 마왕으로부터 구하기 위해 어용 완성에 박차를 가한다.

마침내 천기는 어용을 완성하고, 하람은 봉인식에 나타나는데….

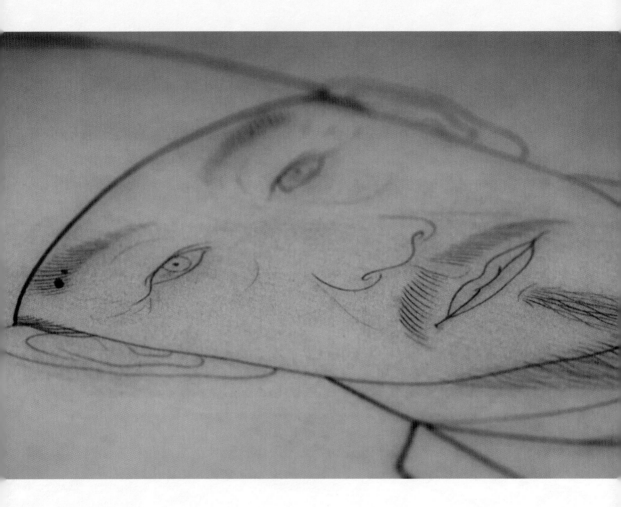

낭자,
봉인식에 오지 마시오.
제발
부탁이오.

선비님,
광증이 두렵지 않았던 게 아닙니다.
어쩌면 이번이 선비님을 기억하는 마지막 순간이
될 수도 있다고 생각했습니다.
그래도 제 재능으로 선비님을 구할 수만 있다면,
살릴 수만 있다면 그것으로 되었다 생각했습니다.

그렇게 완성한 어용입니다.
처음부터 끝까지 선비님을 위해서 그렸습니다.
그래서 저는 마왕이 어용에 봉인되었으면 좋겠습니다.

비나이다. 하늘이시여,
이 땅과 바람과 해를 관장하는 하늘이시여,
제 아픔을 모두 내려다보는 하늘이시여,

바라옵건대 그들의 죄악을 기억하시어 악한 입과 악행을 일삼는 저들에게
원한을 갚게 해주시고, 그들의 자손이 끊어지게 하시며,

후대에 그들의 이름이 지워지게 하옵시고,
그들이 원하는 모든 것이 잿더미로 변하게 하옵소서.

그리고 그녀를 지켜주소서.

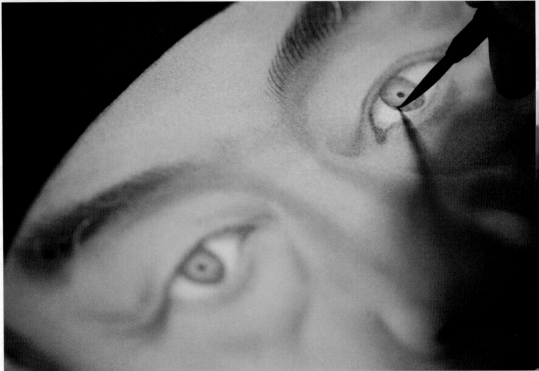

보이지 않던 세상에서 너는 내게 단 하나의 빛나던 별이었다.

너는 내가 보았던 세상의 하나뿐인 소중한 기억이었다.

하람아,
내 운명을 걸고 너의 운명을 지켜줄게.

다시는 누구도 그대를 아프게 하지 못할 것이오.

진심으로 연모하오, 낭자.

한 번도 말로 한 적 없지만 너를 연모한다,

하람아.

낭자를 멀리함으로써 낭자를 지켜낼 수 있다면
나는 낭자를 수천 번, 아니 수만 번이라도 밀어낼 것이오.
미안하오, 낭자.

나리, 부디 무탈하십시오.
돌아간다는 약조는 아마도 지키지 못할 것이옵니다.

끝까지 뫼시지 못해 송구하옵니다.
그동안 거둬주신 은혜는 제 목숨으로 대신하겠습니다.
부디 남은 생은 행복하십시오, 나리.

천기야,
어용을 절대로 그려서는 안 된다.
우리 불쌍한 천기, 그동안 이 못난 아비 돌보느라 고생 너무 많이 했다.
아비 없더라도 잘 살아남아야 한다.

미안하오, 나도 그 마음을 압니다.

나도 아버지와 어머니를, 내게 진정으로 소중한 사람들을 잃었소.
다시는 그 누구도 잃고 싶지 않소.

낭자, 내 오늘 일은 반드시 기억하겠소.
낭자가 겪은 이 모든 일을 내가 되갚아주리다.

내 반드시 그들을 살려내리다. 약조하오.
내가 다녀오리다. 힘들겠지만 조금만 기다려주시오.

낭자, 슬플 땐 울어도 됩니다.

불쌍한 우리 아버지.

평생 제정신으로 살아보지도 못하시고… 다 제 탓입니다.

어쩔 수 없는 일로 낭자를 탓하지 마시오.

우리 아버님의 장례를 치릅시다.

가시는 길 편안히 가시도록.

내 아버지를 모신 곳이 있소.

아버지, 잘 가.

내가 살면서 못다 한 거 나중에 꼭 만나서 갚을게.

홍 화사님, 꼭 극락왕생하십시오.

받아주시겠소?

예.

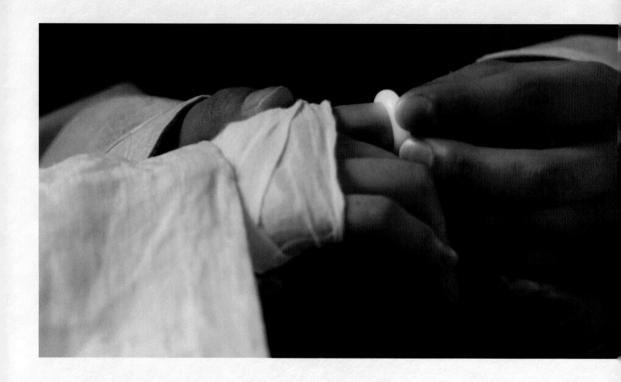

이제부터 내가 위험할 때마다 이렇게 내 손을 잡아주시오.
눈이 오나 비가 오나 난 낭자의 곁을 지키리다.

만에 하나 제가 나타나지 않거나 봉인식에 또 실패한다면 홍 낭자를 부탁드리옵니다.
제발 그러시겠다고 약조해주십시오.

알겠네. 내 약조함세.

찾았다, 내 눈!

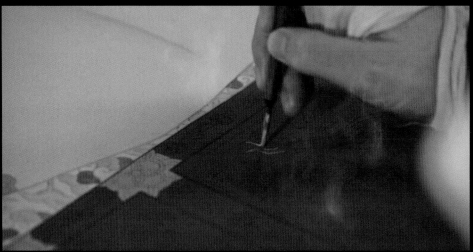

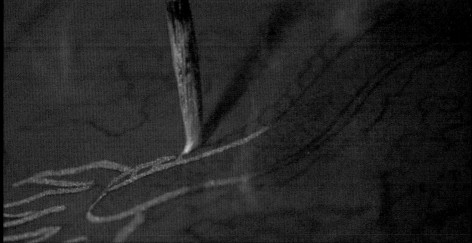

아,

아… 안 보여….

하⋯ 하⋯ 하람⋯ 하람아⋯ 하하 하람아⋯.

아직 끝나지 않았다.
네가 어용을 완성하면 마왕은 봉인될 수 있다.

어서 서둘러라,

신령한 화공이여.

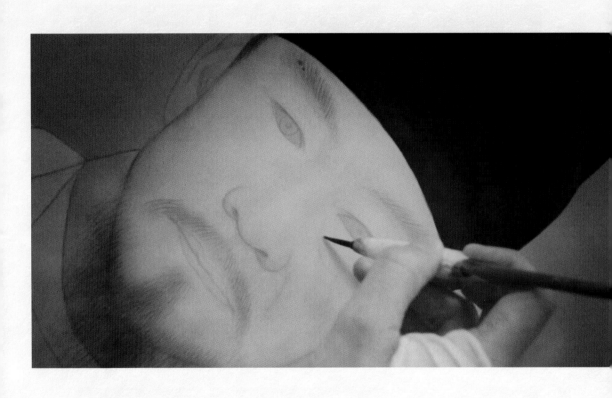

아버지 도와주세요. 아버지.

천기야. 내 딸아. 내 딸아.

아버지… 아버지… 앞이 보이지가 않습니다.
어용을 완성해야 하는데, 모든 게 제 손에 달려 있는데 보이지가 않습니다.

걱정 마라, 내 딸 천기야.
이 아버지를 믿거라.

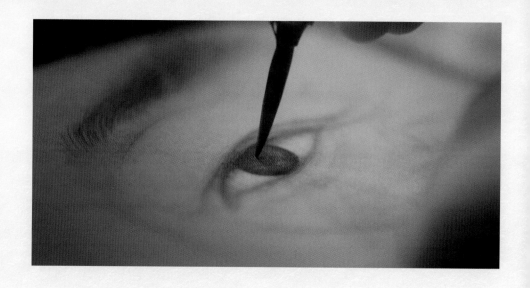

마지막 눈동자는 네 몫이다.

이제 완성되었다. 장하구나, 내 딸.

참말로요, 아버지?

이제 아버지는 가봐야겠다.

아버지… 고맙습니다. 아버지.

살아 있는 동안에 아무것도 못 해줘서 아버지가 참으로 미안했다.

아버지….

선비님, 선비님은 어딨습니까.
하람아… 하람아….

눈이… 눈이 어찌된 것이오.

제가 보이십니까. 정녕 보이시는 겁니까.

보입니다. 낭자가 아주 잘 보입니다.

다행입니다. 참으로 다행입니다.

그런데 이 눈은 마왕이 앗아간 것이오?

이제 처음 만났을 때처럼 제가…
제가 앞이 보이지 않으니 이를 어찌합니까.
책임지십시오.

내 평생 책임지리다.

선비님, 우십니까.
괜찮습니다.
이제 모든 것이 제자리를 찾은 것일 뿐입니다.
원래 있던 자리로요.

저하는 진정으로 어진 성군이 되실 것이옵니다.
저하! 지금처럼 저희를 위하듯이 백성을 위하는 마음을 잊지 마옵소서.

행복하거라. 내 그거면 된다.
그간 많이 힘들었을 터 이제부터 행복만 하거라. 잘 있거라.

늦어서 미안하오.
그때의 복숭아는 아니지만 약조를 꼭 지키고 싶었소.

고맙습니다.

이게 예전의 나?

예.
그때는 잘 웃어주지도 않으셨다고요.

고맙소. 내 잘 간직하리다.

이렇게 내 곁에서 평생토록 얼굴을 그려주시오.

맨입으로요?

그림값은 이걸로 대신하겠소.

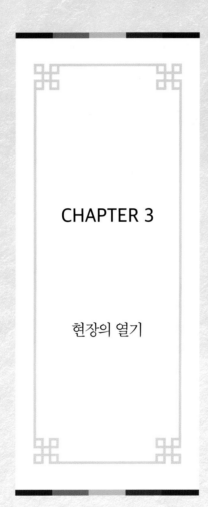

CHAPTER 3

현장의 열기

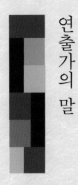

장태유

연출가의 말

내가, 당신이, 우리가 만들어낸 새로운 세상

〈홍천기〉 작품을 맡으면서 가장 많이 신경을 썼던 부분은

홍천기와 하람의 멜로 라인을 드라마에 맞게 완성하는 것이었습니다.

두 사람의 사랑이 어떻게 시작되고, 어떻게 성장하고,

어떻게 완성되는가를 운명적인 인연의 끈으로 보여주고 싶었습니다.

그리고 각색을 통해 두 사람 사이에 장애가 되는 존재, 마왕을 어떻게 극복할 것인가를

각색을 통해 보여줄 수 있는 것이 원작과의 가장 큰 차이점이라고 생각합니다.

두 번째로는 인간과 신들의 관계인데, 인간과 신령한 존재들이 공존하는 〈홍천기〉에서

마왕 같은 악신은 어떻게 인간을 위협하고, 삼신이나 호령 같은 선한 신은

인간을 어떻게 구원하는지를 표현해내기 위해 고민했습니다.

'화차' 같은 독특한 존재들을 표현하는 것도 흥미로운 각색 중 하나였습니다.

또 하나의 요소를 꼽자면 인간사의 정치적 격변입니다.

〈홍천기〉는 병약한 세자로 인해 비롯된 왕실의 위기를 배경으로 합니다.

왕좌를 둘러싼 양명대군과 주항대군의 갈등은 사극 특유의 무게감을 더해주는 설정입니다.

왕좌를 노리는 야심가 주향과 대군으로서의 사명을 다하려는 양명.

두 사람의 피할 수 없는 골육상잔을 통해 역사의 아이러니를 느낄 수 있도록 애를 썼습니다.

특별히 기억에 남는 장면도 있습니다.

바로 두 개의 복사꽃밭 장면입니다.

1부에서 어린 시절 운명처럼 만난 홍천기와 하람의 첫 데이트 장면과

16부에서 생일선물로 복숭아를 따주면서 키스로 마무리되는 엔딩 장면이

개인적으로는 가장 기억에 남습니다.

또 하나를 꼽자면 마왕의 발현 부분인데, 두 주인공의 운명적 관계가

한번에 보이는 시퀀스였습니다.

어른이 된 천기가 하람을 만나 인연이 이어지지만, 하람의 몸에서 마왕이 깨어나면서

천기에 대한 위협도 시작됩니다.

그리고 마왕을 막으려는 삼신과 호령의 등장. 이들의 목적과 힘의 관계를

설명하기 위해 액션과 VFX 효과에 총력을 기울였습니다.

추운 겨울 시작된 첫 촬영은 숲속에서 발현된 마왕이 금군을 죽이고

홍천기에게 빼앗긴 눈을 취하려다가 호령과 삼신에 의해 제압되는 장면이었습니다.

나무 위를 뛰어다니고 무시무시한 공격을 쏟아붓는 마왕의 모습을

촬영하기 위해 특수장비 촬영이 연일 강행되었습니다.

강원도 설악산의 맹추위 속에서 와이어 장비를 차고 연기해야 하는 안효섭 배우와

액션팀의 고생은 말로 다 설명할 수 없을 정도였습니다.

시간이 멈췄다는 설정 때문에 계속 같은 자세로 서 있어야 하는

김유정 배우의 마네킹 연기(나중에는 진짜 마네킹을 준비해서 찍긴 했지만)도

상상하기 힘든 추위와의 싸움이었을 겁니다.

쉽지 않은 촬영이었는데도 끝까지 긴장을 놓치지 않고 프로 정신을 보여준

두 배우에게 이 자리를 빌려 감사의 뜻을 전하고 싶습니다.

시퀀스 전체가 밤 신이었는데, 당시 설악산은 새벽 2시가 넘어가면

기온이 영하 10도까지 내려갔습니다. 두툼한 파카를 입고 난로 가까이 있더라도

야외에서 두 시간 이상 서 있다 보면 그 어떤 것도 소용없어집니다.

일주일간 계속된 촬영은 스태프의 컨디션을 최악의 상태로 몰아갔습니다.

입술은 다 터지고, 손발은 동상으로 점점 감각이 없어졌습니다.

이 힘든 촬영이 빛나는 장면이 될 수 있도록 마지막 순간까지 불철주야 최선을 다해

정점을 찍어준 VFX팀에게 너무 감사합니다.

매죽헌 화회 부분은 과거시험 장면과 비슷한 느낌을 주고 싶어서

실제 조선시대 과거시험이 치러졌던 성균관 명륜당을 빌려서 촬영하고,

조선 8도의 환쟁이(화가)들이 다 모인다는 느낌을 살리려고

보조출연자를 최대한 많이 등장시켰습니다.

이 때문에 소품, 의상, 미술, 그림(동양화)을 준비하는 데 있어서 막대한 시간과 공력이

들어갔습니다. 가장 힘들었던 부분은 3차에 걸친 그림 경연이 자칫 지루해지지 않도록

각기 다른 관전 포인트를 뚜렷하게 차별화하면서 재미를 살리는 일이었습니다.

그림 자체가 각기 다른 매력이 있어야 하고, 시험 주제의 난이도가 점차 올라가야 했으며,

최종 결과물인 그림이 설득력을 갖추고 그림에 대한 평가에 전문성과 독특함이

있어야 했습니다. 게다가 다큐멘터리가 아니라 드라마이기 때문에 그 사이사이에

사람들의 이야기가 깔리면서 진행되어야 했습니다. 수개월간의 자료조사를 통해

수십 차례 대본을 수정하고 다시 쓰신 하은 작가님의 피나는 노고를 잊을 수 없습니다.

그림은 완성품뿐만 아니라 그려지는 과정까지 준비해야 했기에 수백 장의 그림을 그려준

안국주 선생님과 화가님들의 노력에 진심으로 감사합니다.

현장에서 이 수백 장의 그림들을 착오 없이 배치하고 촬영을 진행해준 연출부,

한 장의 그림당 네 단계로 나눠서 찍어야 하는 복잡한 촬영 스케줄을 차질없이 따라준

배우와 촬영팀, 그리고 전체가 한눈에 보이는 풀 샷 장면을 만들어야 했기에

대사가 없어도 늘 현장에 나와 기다리면서 촬영에 응해준 수십 명의 중견 연기자들에게

너무너무 감사합니다. 특히 이 장면은 20일에 걸쳐서 찍은 몹신으로,

머리와 몸이 모두 힘들면서도 예술성을 추구해야 하는 종합적인 장면이었습니다.

새로운 한국형 판타지 로맨스 사극 〈홍천기〉에는 귀(화차), 마(마왕), 신(삼신·호령)이

등장합니다. 보통 이런 신령한 존재들이 등장하는 이야기는 호러, 퇴마, 스릴러 같은

장르물의 성격을 띠기 쉬운데, 이 드라마는 이야기의 중심에 로맨스가 있습니다.

판타지 분위기가 로맨스 라인을 해치지 않는 선에서 존재해야 하고, 늘 두 주인공의

사랑 이야기로 귀결되어야만 했습니다.

구미호나 뱀파이어가 나오는 이야기에 식상한 시청자들에게 〈홍천기〉를 통해

신선한 토종 판타지 로맨스 사극을 선보였다고 자부합니다.

무한 반복되었던 대본 회의, 끊임없는 대본 수정에 최선을 다해주신 작가님,

이렇게 힘든 작업이 될 줄 몰랐다면서도 마지막까지 최선을 다해준 배우님들,

이밖에도 너무 많은 분들이 수고를 해주셔서 〈홍천기〉를 수준 높게 완성할 수 있었습니다.

촬영, 조명, 그립, 동시팀을 비롯해 한 폭의 동양화처럼 우아하고 아름다운 화면을

만들 수 있게 채워준 미술팀, 소품팀, 최고 수준의 의상 분장을 보여준 의상, 분장, 미용팀,

또한 국내 드라마의 한계를 넘어선 시각 효과를 보여준 VFX팀, 미니시리즈 2편은

만들 법한 어마어마한 분량의 원본 소스에서 장인 정신을 발휘해준 편집팀,

창사 이래 가장 큰 규모의 제작비와 프로듀서들을 지원해준 SBS,

영화 수준의 색보정과 사운드, 종편을 해준 후반 작업팀,

세상에 없던 신령한 작품을 빚어낸 모든 스태프에게 진심 어린 찬사를 보냅니다.

또한 우리 드라마를 아껴주고 사랑해주신 많은 시청자 여러분께

고개 숙여 깊은 감사를 드립니다.

시청자 여러분의 격려 어린 칭찬과 애정 어린 댓글은 제작진에게 희망을 주었고,

모두들 끝까지 애써서 작품을 만들 힘을 주었습니다.

〈홍천기〉에 대한 시청자들의 애정은 앞으로 더 과감한 시도를 통해

좋은 작품이 나올 수 있게 만드는 밑거름이 되어줄 거라 믿어 의심치 않습니다.

감사합니다.

PHOTO ESSAY

1판 1쇄 인쇄	2021년 12월 6일
1판 1쇄 발행	2021년 12월 20일
지은이	스튜디오S
펴낸이	유영학
주소	04032 서울시 금천구 가산디지털1로 225 에이스가산포휴 204호
전화	02-2039-9269
팩스	02-2039-9263
등록	1973. 2. 1. 제406-2005-000046호
ISBN	978-89-315-5712-1 77810
정가	22,000원

ⓒ 스튜디오S

이 책을 만든 사람들

기획·편집	아데니움
교정	허지혜
표지·본문 디자인	지노디자인
마케팅	허성권

흔적기

효원기